Este diário pertence a:

Pippa Morgan

ULTRASSECRETO

Ciranda Cultural

O Diário da Pippa Morgan
Ilha do Medo

CIP-Brasil. Catalogação na Publicação
Sindicato Nacional dos Editores de Livros, RJ

I29

Ilha do medo / [ilustração Kate Larsen ; tradução Monique D'Orazio]. - 1. ed. - Barueri, SP : Ciranda Cultural, 2017.
160 p. : il. ; 20 cm. (O diário da Pippa Morgan)

Tradução de: Isle of fright
ISBN 9788538067955

1. Conto infantojuvenil inglês. I. Larsen, Kate. II. D'orazio, Monique. III. Título. IV. Série.

16-36971 CDD: 028.5
CDU: 087.5

Publicado pela primeira vez no Reino Unido em 2015
pela Scholastic Children's Books.

Tradução: Monique D'Orazio

1ª Edição
www.cirandacultural.com.br

Obrigaaaaaaaaaaaaada,

Katy Cary!

Quarta-feira à noite

Acabo de ver o MELHOR PROGRAMA DE TV DO MUNDO!

Ele se chama *Super Susto* e é muito mais legal que o *Distrito Policial*! É claro que eu ainda adoro o *Distrito Policial*, que é um programa sobre detetives de verdade. O detetive Mike Hatchett é o meu herói. Só que o *Super Susto* é sobre fantasmas! E não estou falando dos fantasmas de lençol fantasiados para o Dia das Bruxas, mas de...

FANTASMAS DE VERDADE!

O Mike Hatchett só caça bandidos, mas no *Super Susto*, eles caçam fantasmas.

Fantasmas conseguem fazer um monte de coisas legais que os bandidos não conseguem, tipo:

1. Atravessar paredes.
2. Ficar invisíveis.
3. Fazer barulhos sobrenaturais.
4. Mexer coisas sem nem encostar nelas.

Aposto que os bandidos queriam ser fantasmas. O Mike Hatchett nunca iria capturá-los. Fantasmas são como bandidos, só que com SUPERPODERES!

(Por que será que fantasmas não roubam bancos? Nem contrabandeiam diamantes? Talvez eles façam isso e a gente só não fique sabendo!)

Enfim...

Nem acredito que eu nunca tinha visto *Super Susto* antes. Esse programa é totalmente incrível. Minha mãe me avisou que podia dar medo. E deu medo mesmo, mas eu GOSTO de ficar com medo (desde que não seja um medo tipo de cair da escada ou da casa pegando fogo).

As estrelas de *Super Susto* são a Sally Pippin e o Marcus Flaunch. A Sally Pippin é uma apresentadora comum de televisão, mas o Marcus Flaunch é um caçador de fantasmas DE VERDADE. Ele é superparanormal e sabe dizer quando tem um fantasma dentro de um cômodo só de sentir o ar! Ele fica todo arrepiado, não para de esfregar os braços e de tremer e fica olhando por cima do ombro o tempo todo. Aí ele diz para a Sally Pippin algo como: "Eu sinto que tem alguém aqui tentando se comunicar comigo", ou "Teve muita tristeza neste quarto". E de repente ele para, ergue um dedo e fala: "Você está sentindo isso?", e a Sally Pippin faz uma cara de quem está toda assustada e começa a espiar pelo quarto (quase sempre é uma casa antiga, porque várias pessoas morreram ali dentro). Aí a Sally diz: "Estou com frio".

Então o Marcus Flaunch só faz que sim com a cabeça e fala: "É a presença", com uma voz muito dramática. (Uma "presença" é um fantasma que a gente pode sentir, mas não consegue ver. Eu acho que é igual quando eu sei que a minha mãe está brava e prestes a me dar uma bronca, só que muito mais assustador.)

O Marcus Flaunch tem uns equipamentos especiais que servem para encontrar os fantasmas. Ele tem um gravador de som para detectar os ruídos dos fantasmas.

E uma coisa que parece um celular, para detectar energia de fantasma (energia de fantasma é mais ou menos como eletricidade, só que deixa a gente mais arrepiado). E uma câmera térmica, que enxerga quente e frio, em vez de claro e escuro.

Três formas de detectar uma presença

1. O ar fica gelado.
2. A gente ouve ruídos estranhos (como gemidos, ou alguém batendo na porta, ou portas se fechando com força).
3. A energia de fantasma faz o detector de fantasmas apitar.

No programa desta noite, o Marcus e a Sally não viram nenhum fantasma de verdade, mas sem dúvida nenhuma o Marcus sentiu alguma coisa fantasmagórica no quarto, e o equipamento detectou um monte de frio, de barulhos e de energia de fantasma.

(A Sally Pippin não percebeu nada de estranho além da sensação de frio, mas tenho quase certeza de que aquele equipamento de caçar fantasmas é muito mais sensível do que uma apresentadora de TV.)

ENFIM.

Eu decidi me tornar uma caçadora de fantasmas, igualzinho ao Marcus Flaunch!

Agora é o momento perfeito, porque, na sexta-feira, a minha turma da escola vai fazer uma excursão para a Ilha de Wight. Vamos ficar lá um fim de semana inteiro! Em um hotel! E a gente vai visitar o castelo Carisbrooke, que deve estar cheio de fantasmas porque é muito antigo. Agora eu só preciso colocar alguns equipamentos na bagagem para poder achar esses fantasmas.

Lista de bagagem para a excursão

- Meu caderno de registros de caça-fantasma.
- Gravador de som e vídeo para detectar fantasmas (vou pegar emprestado o celular velho do meu pai. Vai servir para as duas coisas. Ele disse que eu só devo usá-lo para coisas importantes, mas caçar fantasmas é muito importante mesmo, por isso eu sei que ele não vai achar ruim).

- Detector térmico (o termômetro do armário de remédios).

- Detector de energia para a eletricidade de fantasma (minha blusa de frio azul toda fofa. Os pelinhos da blusa fazem faíscas no meu cabelo quando eu visto. Bom, se eles soltam faíscas no cabelo, aposto que a eletricidade de fantasma vai fazer os pelinhos soltarem estalos e faíscas malucas!).

- Pijama cor-de-rosa de porquinho (não tem muito a ver com fantasmas, mas é o meu favorito).

- Doces (para o lanchinho da meia-noite!). ☺

A Catie acabou de me mandar uma mensagem! Ela também está superanimada. A gente vai ficar no mesmo quarto de hotel. Obaaaa! Vai ser a maior festa do pijama de

todos os tempos, porque a Catie é a minha melhor amiga no mundo todo. (A Rachel também é, mas ela se mudou para a Escócia há alguns meses e é difícil fazer coisas de melhores amigas quando existem mais de seiscentos quilômetros entre a gente. A Rachel e eu

SEMPRE vamos ser melhores amigas, mas ter duas melhores amigas é incrível. Eu tenho MUITA sorte.) Será que a Catie consegue um quarto ao lado do das gêmeas?

A Julie e a Jennifer já foram para a Ilha de Wight antes, mas eram tão pequenininhas que não se lembram de nada. Vou mandar mensagem para elas e lembrá-las de levarem doces para o lanchinho da meia-noite!

Hora de dormir

Agora estou aconchegada na cama. Já terminei de arrumar a mochila que vou levar para a Ilha de Wight. Está no pé da cama, esmagando os meus pés, parecendo tão cheia quanto uma meia de Natal com um monte de presentes dentro. Eu sei que só vou viajar na sexta-feira, mas se eu arrumar tudo agora, vou ter mais tempo para descobrir se esqueci alguma coisa.

Minha mãe não quis me deixar pegar o termômetro do armário de remédios. Ela disse que eu não ia ficar doente e, mesmo se eu ficasse, ela tinha certeza de que um dos professores teria um kit de primeiros socorros com um termômetro.

EU: Mas tenho que levar o termômetro para caçar fantasmas.

MINHA MÃE: E por acaso você vai procurar fantasmas doentes?

EU: Não! Preciso medir a temperatura do ar.

MINHA MÃE: Não com o meu termômetro. Você pode perdê-lo.

EU: Não vou perder. Eu prometo!

MINHA MÃE: Você prometeu a mesma coisa quando levou a caixa de curativos para a escola.

OK. Ela estava certa. Eu perdi os curativos. Mas valeu a pena. Eu e a Catie queríamos brincar de

Plantão Médico no parquinho. A gente planejava ser médicas como no programa de TV, mas não conseguimos encontrar ninguém para ser nosso paciente. A gente até pensou em ajudar quando o Jason caiu, mas ele quis que a tia da cantina colocasse o curativo no joelho dele, não a gente. Aí, a gente se ofereceu para operar a Julie e a Jennifer, mas elas não quiseram deitar no parquinho para a gente trocar os rins delas de lugar. Tentamos fazer a cirurgia mesmo assim, mas é muito difícil operar alguém pulando corda.

Enfim.

Minha mãe disse que eu não poderia levar o termômetro. Então, depois do jantar, eu decidi que ia praticar as sensações de frio.

Eu ficava colocando a mão na geladeira para sentir como era quando a temperatura caía de repente. Mas a minha mãe me disse para parar de abrir e fechar a porta da geladeira. Ela falou que, se eu continuasse batendo a porta, a lâmpada iria quebrar.

EU: Mas é um experimento importante. Eu preciso saber qual é a sensação de ter um fantasma por perto.

MINHA MÃE: Não existe esse negócio de fantasmas.

EU: Como você *sabe*?

MINHA MÃE: Eu nunca vi um fantasma.

EU: Mas você acredita em Papai Noel, mesmo que nunca tenha visto um. (Eu *sabia* que minha mãe teria que dizer sim, porque ela sempre me faz colocar QUATRO biscoitos de chocolate e um copo ENORME de leite para ele na véspera de Natal.)

MINHA MÃE: É verdade...

EU: Então, *se* o Papai Noel existe, por que não podem existir fantasmas?

MINHA MÃE: Fantasmas não são a mesma coisa que o Papai Noel.

EU: Não *são* exatamente a mesma coisa, porque o Papai Noel não é assustador. Mas os dois são paranormais. (O Marcus Flaunch fala "paranormal" o tempo todo. Acho que significa o oposto de normal. Como gatos que latem, ou chuva que cai para cima.)

Na verdade, eu não tenho muita certeza *se* o Papai Noel é mesmo paranormal. Mas isso não importa, porque a minha mãe mudou de assunto e disse que era hora de dormir. E acho que era. Mas tanto eu quanto a minha mãe *sabíamos* que dizer "É hora de dormir" é praticamente a mesma coisa que dizer "Você está *absolutamente* certa, Pippa. Fantasmas existem com certeza".

Agora vou desligar o abajur, mesmo me sentindo agitada demais para dormir.

Eu mal posso acreditar. Em menos de três dias, vou encontrar um fantasma na Ilha de Wight. E quando minha mãe vir a prova, ela vai TER que acreditar em mim!

Quinta-feira (recreio da manhã)

FALTA UM DIA PARA A ILHA DE WIGHT!

Está chovendo tão forte lá fora que até se formaram rios no parquinho. Tem uma poça enorme na parte de baixo que está ficando cada vez maior. E se a escola inundasse? Seria emocionante! A gente poderia virar as mesas de cabeça para baixo e sair remando em cima delas no salão principal. Eu poderia ser uma salva-vidas e ajudar a resgatar os alunos mais novos e deixá-los subir a bordo do meu barco-mesa!

Por causa da chuva, vamos ficar dentro da sala de aula durante o recreio. O professor Bacon está na mesa dele corrigindo nossa lição de casa de matemática. Espero que ele não esteja corrigindo a minha, porque ele está fazendo a mesma cara decepcionada de quando o Jason Matlock não consegue se lembrar da tabuada do quatro.

Por incrível que pareça, o Jason está sentado. Normalmente ele tem mais energia do que um cachorrinho que comeu um monte de açúcar. O professor Bacon acha difícil fazê-lo ficar sentado durante as aulas. Ver o Jason sentado durante o recreio é um milagre! O Tom e o Darren trouxeram as cartas de Dragon Quest e estão mostrando a ele como jogar. A Mandy Harrison está jogando no tablet com a Sophie, a menina nova. Bom, a Mandy está jogando enquanto a Sophie fica só olhando. Toda vez que a Mandy oferece o tablet, a Sophie balança a cabeça e olha para o lado.

A Sophie Gerânio Furnival-Smith é supertímida. (Não é o melhor nome do mundo? Eu ADORARIA me chamar Pippa Gerânio Furnival-Smith. Eu insistiria para me chamarem de Pippa Gerânio o tempo todo.) Mas parece que a Sophie Gerânio Furnival-Smith não se importa de ter um nome fantástico. Ela mal olha para qualquer coisa que não seja os próprios pés. Ela só está aqui desde segunda-feira (eu acho que ela veio de algum lugar na Cornualha). E ela não sorri.

Ela tem a cara assim: ☹

Talvez todo mundo na Cornualha tenha a cara assim: ☹

Ou talvez ela seja uma duquesa ou uma princesa. Isso explicaria o nome incrível que ela tem. Talvez ela venha de uma escola muito chique só para meninas onde existem tapetes macios no chão e todas as cadeiras são de veludo, e onde escrevem com penas, igualzinho às pessoas de antigamente. Se for mesmo isso, a nossa escola deve parecer muito estranha para a Sophie. Temos piso normal e cadeiras de plástico. E ainda por cima, temos meninos. Eu gostaria de poder ir para uma escola só de meninas. Eu poderia atravessar todo o parquinho sem ser atingida na cabeça por uma bola de futebol voadora.

A gente demora um pouco para acostumar com as boladas. Talvez seja por isso que a Sophie tem aquela cara. ☹ Eu, a Catie e as gêmeas ficamos tentando brincar com ela na hora do recreio. Sabemos onde ficam todos os lugares tranquilos, livres de bolas de futebol. Mas a Sophie só fica perto da porta do vestiário e, quando a gente a convida para vir ficar com a gente, ela olha para os pés e fica toda vermelha.

Ontem, quando eu perguntei se ela também ia na viagem para a Ilha de Wight, ela apenas deu de ombros e respondeu:

– Acho que sim.

Ela não parecia nem um pouco animada.

Como é possível ela não ficar animada?

COMO?

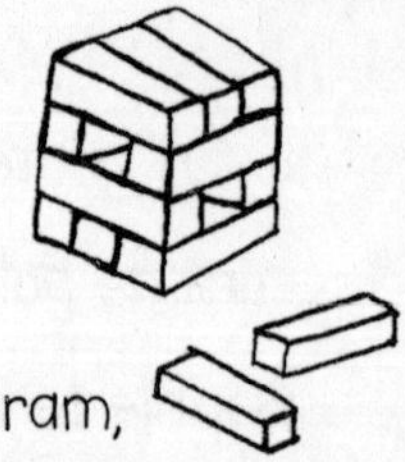

A Catie está sentada ao meu lado, brincando de Jenga com a Julie e a Jennifer. Elas também me convidaram, mas eu tenho outros planos. Se quiser me tornar uma caçadora de fantasmas especialista até o fim de semana, vou precisar fazer um pouco de pesquisa. Vou perguntar ao professor Bacon se posso ir à biblioteca da escola para ver se tem algum livro sobre fantasmas lá.

Talvez, além de um livro de fantasmas, eu possa encontrar outro sobre como deixar as pessoas felizes. Se eu puder, vou pegar emprestado e ver se consigo achar um jeito de animar a Sophie.

Perguntei ao professor Bacon se eu poderia ir até a biblioteca e ele disse que sim. Então fui até lá correndo e entrei direto na seção de ciências, mas não tinha nenhum livro de fantasmas. Só que na seção de história, eu encontrei um. O nome do livro é *Mitos britânicos*. Não tenho certeza se nele tem alguma coisa sobre caça aos fantasmas, mas dei uma folheada e vi muitas fotos de casas caindo aos pedaços e capítulos com títulos como "Os monges enforcados" e "O cadáver sem cabeça".

No último capítulo, tinha uma imagem de uma linda mulher fantasma. Eu li a história dela do lado. Centenas de anos atrás, um Barão Malvado tentou forçar uma moça a se casar com ele. Só que ela não queria se casar com ele. Então, ela se trancou numa torre e fez greve de fome até MORRER. (Eu nunca conseguiria fazer isso. Eu gosto demais de pizza.)

Então ela começou a assombrar o castelo do Barão Malvado até ele prometer se tornar um Barão Bonzinho e dar casas boas para todos os camponeses viverem e jurar que nunca iria forçar ninguém a se casar com ele de novo. E o fantasma dela o abençoou com um beijo fantasmagórico, desapareceu e nunca mais foi visto.

Será que alguém está tentando forçar a Sophie a se casar com algum Barão Malvado? Isso explicaria por que ela é tão triste.

Não. Não pode ser isso. Ela é nova demais para se casar. Mas vai ver ela mora numa casa mal-assombrada. Afinal, se ela é uma duquesa ou uma princesa, é bem provável que more num castelo e, de acordo com o Marcus Flaunch, castelos são SEMPRE assombrados.

Ou talvez ela tenha algum segredo trágico. Tipo que ela tem seis dedos no pé (não posso me esquecer de verificar isso quando a gente estiver trocando de roupa para a Educação Física, hoje à tarde), ou que ela é órfã, ou que tem uma madrasta malvada que faz ela dormir no porão, ou que ela é vegetariana. Imagine nunca poder comer nuggets! Isso me deixaria triste.

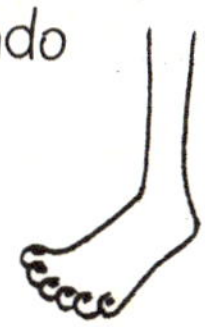

Eu decidi que precisava MUITO animá-la.

Então, enquanto estava dando uma olhada no meu livro de mitos britânicos, eu perguntei para a bibliotecária quais livros faziam as pessoas felizes.

Ela apertou os olhos, como se estivesse pensando. Depois ficou em silêncio um pouquinho e disse:

– Que tal um livro de piadas?

Achei a ideia brilhante. Segui a bibliotecária até a seção dos livros engraçados e encontrei um livro chamado *As piadas mais engraçadas do mundo.*

Quando a bibliotecária registrou o meu pedido, eu escondi o livro de piadas debaixo da blusa para a Sophie não ver quando eu voltasse para a sala.

Vou passar o resto do intervalo aprendendo o máximo de piadas que eu conseguir. Depois, vou contar algumas para ela durante a aula de Educação Física. Vou fazer a Sophie dar risada até o final do dia.

Tenho certeza!

Quinta-feira, hora do jantar

(Estou escrevendo em volta dos respingos de comida no meu ~~diário~~ caderno de registros de caça-fantasma. Estou na cozinha, enquanto minha mãe prepara comida chinesa para o jantar. Ela meio que se empolga com esse tipo de comida. A frigideira está tão quente que dá para derreter colheres. O teto está escondido por uma nuvem de fumaça. Minha mãe teve que desligar o alarme de incêndio duas vezes. Os legumes estão pulando na frigideira como se fossem coelhinhos em um trampolim.

Quem diria que milho poderia saltar tão longe? Acho que caíram alguns no meu cabelo.)

ENFIM.

Meu plano para fazer a Sophie sorrir começou bem. Eu aprendi QUINZE piadas durante a hora do almoço e consegui entrar no time de queimada da Sophie.

Quando a professora Ellen começou o jogo, a primeira a ficar de fora foi a Sophie, então tentei ao máximo ser queimada para poder sair e sentar com ela. O Tom foi queimado antes de mim, mas eu saí em seguida. Aí eu fiquei o mais perto da Sophie que eu pude. Ela estava vigiando a bola, pronta para se esquivar caso a bola viesse na direção dela. Ela estava superconcentrada franzindo a testa! Então eu tentei começar com a minha piada mais engraçada.

EU: (sussurrando) Sophie! O que o cenouro disse para a cenoura?

SOPHIE: (de olho na bola) O quê?

EU: O que o cenouro disse para a cenoura?

SOPHIE: (virando para olhar para mim, surpresa) Como é que é?

Por azar, enquanto a Sophie estava olhando para mim, uma bola foi voando na direção dela. Acertou do lado da cabeça dela e voou para o outro lado da quadra. E ainda queimou alguém do outro time.

Epa. Achei que a Sophie não ia ficar com muita vontade de sorrir depois dessa, então decidi guardar minha próxima piada para a aula de Matemática.

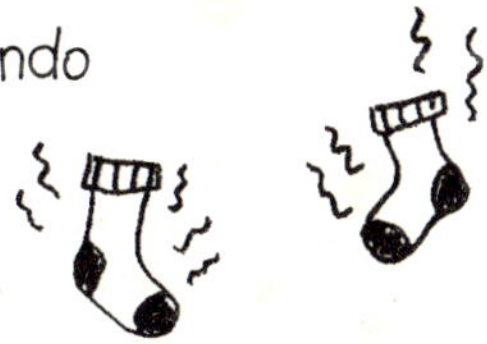

ALIÁS, enquanto a gente estava trocando de roupa depois da Educação Física, eu arranjei uma desculpa para passar pela Sophie enquanto ela tirava as meias sujas. Vi com certeza que ela não tem seis dedos, então não pode ser por isso que ela está triste.

Quando voltei para perto da Catie, no outro lado do vestiário, eu sussurrei:

– Ela não tem seis dedos.

(Eu tinha contado para ela todas as minhas teorias sobre por que a Sophie parece tão infeliz.)

A Catie olhou para a Sophie.

– Talvez ela não consiga sorrir.

– Todo mundo consegue sorrir – argumentei.

– Mas o sorriso da Sophie está de cabeça para baixo – Catie suspirou.

– Não por muito tempo – prometi.

(Pippa Morgan nunca desiste.)

Enquanto o professor Bacon explicava a lição na aula de Matemática, eu passei um bilhete para a Sophie por cima da mesa. Dizia: "Olá, cenourita!". (Eu sabia que ela estava morrendo de vontade de saber o resto da minha piada da cenoura.) Ela leu e olhou para mim toda confusa, aí eu rapidamente escrevi outro bilhete para explicar. "O que o cenouro disse para a cenoura?"

Ela leu e ainda parecia confusa. Acho que piadas de cenoura não funcionam se a gente diz a resposta primeiro.

Então, eu tentei uma nova.

Eu escrevi: "Como se chama um burro de três patas?". Passei o bilhete para a Sophie e ela leu, então eu rabisquei a resposta e joguei sobre a mesa.

Foi quando a encrenca começou.

O professor Bacon viu o bilhete e olhou para mim na hora.

– Pippa! – ele parecia bravo. – Por que você e a Sophie estão passando bilhetinhos?

– A Sophie não está passando bilhetinho. Só eu – eu logo fui dizendo.

Como eu poderia explicar que eu estava tentando fazê-la sorrir? Só a Catie deveria saber sobre a minha missão secreta.

Mas o professor Bacon continuava de cara fechada. (Acho que a matemática deixa ele bravo, o que não me surpreende. Matemática é horrível.)

– Sophie! – ele disse, e a cara dela ficou cor-de-rosa. – Leia o bilhete da Pippa para todo mundo ouvir.

Com a voz trêmula, a Sophie leu em voz alta.

– Um burro manco.

O professor Bacon pareceu confuso. Então eu expliquei:

– É uma piada.

– Não é muito engraçada – o professor fez uma careta.

Ele estava totalmente errado.

– É engraçada se o senhor ouvir a primeira parte!

Peguei o outro bilhete da mesa da Sophie, mas o professor Bacon interrompeu antes que eu tivesse chance de ler.

– Por favor, pare de incomodar a Sophie com piadas e se concentre nas contas.

Então ele jogou o pedaço de papel no lixo. Eu me senti péssima. Eu não estava tentando incomodar a Sophie. Só queria fazê-la sorrir, mas tinha feito ela passar vergonha. E agora eu não podia contar mais nenhuma piada.

No fim da aula, o professor Bacon deu a cada um de nós uma lista do que vamos fazer na Ilha de Wight.

– Vamos visitar o parque Seaview na sexta-feira à tarde – ele explicou, quando me deu uma lista.

Ele deu uma lista para a Julie.

– No *sábado*, vamos visitar o castelo Carisbrooke.

Então a Julie vomitou no sapato dele.

Enquanto eu observava a Julie pôr tudo para fora, pensei em duas coisas ao mesmo tempo:

"Coitada da Julie!"

"Será que é um presságio fantasmagórico?!"

Poderia ser o mundo espiritual mandando um aviso. Por que outro motivo as palavras "castelo Carisbrooke" fariam alguém vomitar?

O professor Bacon mandou a Julie para a secretaria, pois assim a secretária poderia cuidar dela e ligar para a mãe dela.

Enquanto o professor estava limpando os sapatos, a Jenny contou que a Julie tinha acordado se sentindo mal, mas insistiu em ir para a escola para não perder nenhuma fofoca pré-viagem.

A Julie parecia muito pálida quando saiu da classe. Ela precisa melhorar até amanhã. Ela não pode perder a viagem. Isso seria muito pior do que vomitar nos sapatos do professor Bacon.

Aqui está a lista de lugares que vamos visitar:

1. Parque de Vida Selvagem Seaview

Será que os animais viram fantasmas?

Se virarem, eu poderia detectar centenas!

Imagine só um fantasma de elefante!

Ou um fantasma de tigre!

2. Castelo Carisbrooke

Viva! Um castelo de verdade! Eba!

O professor Bacon falou que o rei Carlos I foi mantido prisioneiro lá pelos Cabeças Redondas antes que cortassem a cabeça dele fora. O professor não explicou por que os Cabeças Redondas cortaram a cabeça do rei. Talvez o rei fosse um Cabeça Quadrada?

ENFIM.

De acordo com o Marcus Flaunch, fantasmas aparecem principalmente em locais onde houve violência ou tristeza. Aposto que ser prisioneiro deve ser muito triste, ainda mais se a pessoa está prestes a perder a cabeça. Aposto que o rei recebia um monte de visitas de fantasmas.

3. A Experiência Definitiva em Cinema 4-D

Eu não vou poder caçar fantasmas em um cinema 4-D. É novo demais para ser assombrado. Aposto que vai demorar uma eternidade até alguém engasgar com a pipoca ou morrer de susto durante um filme.

Minha mãe deve ter acabado de fazer a comida. A frigideira chinesa parou de fazer aqueles barulhinhos. E a fumaça está começando a sumir. Hora do jantar!

FANTASMAS DETECTADOS: 0

(PRESSÁGIOS DE FANTASMAS: 1)

MEDIDOR DE SORRISO: ☹

Sexta-feira, 7h da manhã

Estou de jeans e moletom da Tiffany J há, tipo, uma hora. Estou esperando meu pai me buscar. Ele vai me levar até a escola. O ônibus vai sair de lá às oito. Minha mãe está andando de um lado para outro lá embaixo parecendo um zumbi. De camisola, com o cabelo todo bagunçado e sem maquiagem, ela se parece um pouco com um fantasma. Quando desci para comer uma torrada, ela deixou cair o pote de café no chão da cozinha. O negócio meio que explodiu e espalhou grãozinhos de café em tudo quanto era lugar.

Quando a gente pisava em cima, fazia um barulho gostoso de trituração. Minha mãe me disse para comer a torrada no meu quarto enquanto ela limpava a cozinha.

Mandei mensagem para o meu pai quatro vezes para ter certeza de que ele não tinha perdido a hora. O apartamento dele fica *só* a um quilômetro e meio daqui, então ele não deve demorar muito para chegar, mas quando eu fico na casa dele, ele gosta de dormir até tarde. Inclusive aos *sábados*. Às vezes eu acho que ele não percebe que o *sábado* é o melhor dia da semana inteira. Quem vai querer dormir o dia todo? Eu sempre faço de tudo para acordá-lo muito cedo para ele não perder nadinha do *sábado*. Espero que ele não durma até tarde hoje.

Meu telefone está apitando! Oba! Ele deve ter respondido.

VIVA! Ele está acordado. Mas sua escrita ainda está meio sonolenta: **ACRDEI. TÔ INDP. CHWGO 15 MIN.** Ele precisa muito usar o corretor automático.

Estou muito ansiosa. Ficar sentada é muito difícil. Já olhei minha mochila quatro vezes. Com toda certeza eu me lembrei dos doces para o lanchinho da meia-noite, e do equipamento de caçar fantasmas. Esta vai ser a minha primeira excursão de escola para passar a noite fora. A gente vai se divertir MUITO! E eu vou encontrar um fantasma.

Eu sei. Não consigo escrever mais nada. Ansiosa demais. Vou ficar esperando meu pai na janela...

No ônibus

DESASTRE! A Julie ainda está doente e NÃO PODE IR NA EXCURSÃO!!!!

A Jenny mandou uma mensagem para a Catie hoje de manhã, e a Catie mandou uma mensagem para mim.

Não acredito. Coitada da Julie. Deve ser a pior coisa que já aconteceu com ela! (Além de vomitar nos sapatos do professor B.)

Eu, a Catie e a Jenny prometemos tirar fotos de tudo para mostrar para ela quando voltarmos. A gente poderia fazer uma apresentação, como se a gente fosse cientistas explicando o sistema solar, com mapas, diagramas, explicações e tudo para ela não sentir que perdeu nada.

Fomos as primeiras a subir no ônibus e tiramos fotos dos nossos bancos para a Julie ver. Eu me sentei ao lado da Catie e tirei uma foto dela. Então o professor Bacon veio e disse (baixinho como se fosse um segredo):

– Pippa, você poderia se sentar com a Sophie? Acho que vai ser bom para ela fazer uma nova amiga. Quero que ela sinta que a nossa escola é acolhedora, e se alguém pode fazê-la se sentir bem-vinda, essa pessoa é você.

Isso foi TÃO FOFO!

E isso significava que eu finalmente teria a chance de falar com a Sophie! Eu poderia colocar meu plano Fazer a Sophie Sorrir em prática do jeito certo. Fiquei pensando se eu deveria tentar as outras piadas que eu aprendi. Então decidi que NÃO. Da última vez que tentei, não funcionou muito bem. (Ah, não! Será que eu fiz a Sophie detestar piadas PARA SEMPRE? O que ela vai fazer no Natal? Ela nunca mais vai querer brincar de "O que é, o que é?" depois do almoço de Natal!)

A Catie se mudou para o banco atrás do meu, ao lado da Jenny, o que foi ótimo, porque a Jenny estava se sentindo solitária sem a Julie. Acho que ela está preocupada por não ter a Julie com ela. A Jenny e a Julie fazem tudo juntas, porque são gêmeas.

As únicas coisas que elas não fazem juntas são:

1. Judô.

2. Clarinete.

3. Trabalhos de escola. (O professor Bacon pede para as duas fazerem duplas com outros alunos.)

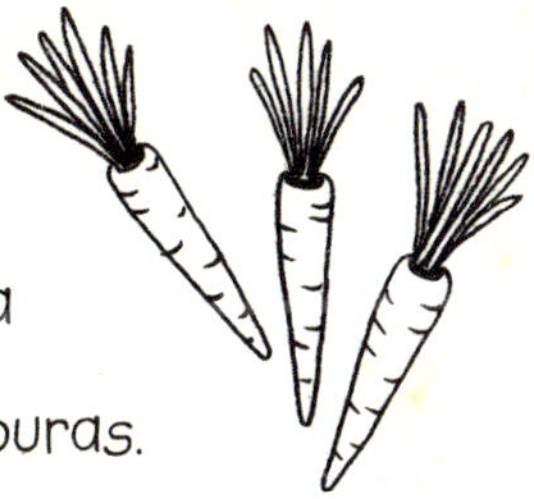

4. Comer cenouras. (A Julie odeia cenouras e a Jenny adora cenouras. Nos dias em que elas estão com a mesma roupa, a única maneira de diferenciar uma da outra é dizer "cenouras" e ver qual delas sorri e qual faz cara de nojo.)

Eu deixei o espaço ao meu lado livre, enquanto o resto da classe passava em fila e ia ocupando os assentos. Então eu vi a Sophie. Ela entrou no ônibus por último e parecia *super*triste. Então eu acenei para ela e a chamei para sentar ao meu lado. Ela *só* deu de ombros e se apertou para entrar ao meu lado com a mochila.

Ela continua abraçando a mochila agora. Tentei conversar *sobre* a viagem, perguntei se ela estava animada e ela disse que não. Então eu perguntei se ela estava ansiosa para ir ao castelo Carisbrooke e ela disse que não. Então eu disse que ela COM CERTEZA devia estar animada sobre o cinema 4-D e ela disse que não. Então, eu tentei perguntar sobre coisas não relacionadas à viagem.

Outras perguntas que a Sophie respondeu com "não":

- Você tem algum hobby?
- Você tem irmãos ou irmãs?
- Você tem um programa de TV favorito?
- Você gosta de pizza?

ELA NÃO GOSTA DE PIZZA!

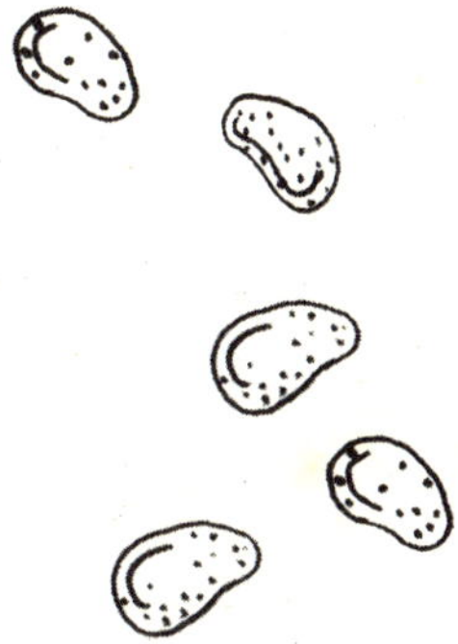

Nem me atrevi a perguntar sobre nuggets de frango. Se ela dissesse que não gostava de nuggets, poderia ter partido meu coração.

Então eu decidi parar de fazer perguntas e falei sobre meu pijama cor-de-rosa de porquinho, mas ela só murmurou e continuou olhando para o banco na frente.

Pobre Sophie! Ela está na viagem mais empolgante do mundo e está triste.

Decidi parar de perturbá-la e escrever no meu diário. Escrever pode me ajudar a bolar um novo plano.

Todo mundo está vibrando de empolgação. O Jason e o Tom estão brincando de jogar a mochila do Darren, e a Mandy Harrison está conversando muito animada com a professora Ellen, enquanto o resto da turma bate papo. Todo mundo está sorrindo, menos a Sophie. ☹

Viva! O professor Bacon acaba de dizer que podemos começar a comer o almoço, e ainda são 9 da manhã! Talvez a Sophie fique animada para comer.

Não, comida também não funciona. Ofereci para ela uma batata frita de café da manhã. (Comer o lanche do almoço no café da manhã é DEMAIS! Agora eu quero sanduíches de manteiga de amendoim e batata frita todas as manhãs.) Mas a Sophie não quis.

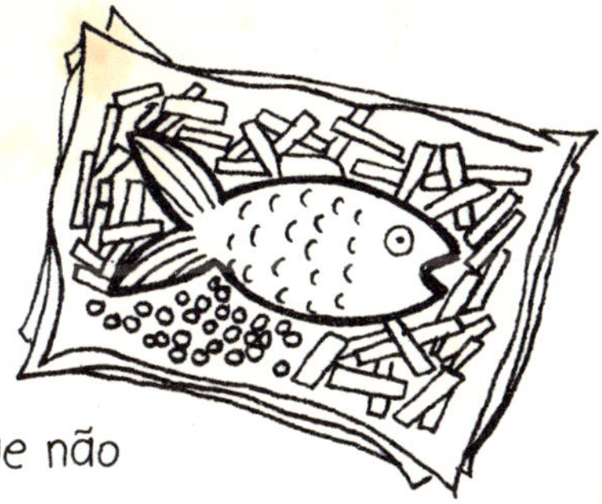

Ela falou que não gosta de sal e vinagre. Eu não consigo imaginar alguém que não goste de sal e vinagre. Deve ser horrível. O que ela coloca no peixe com batata frita? Meu pai às vezes coloca ketchup nas batatas dele, mas coloca isso ALÉM de sal e vinagre.

A coitada da Catie trouxe sushi para o café da manhã. Eu quase morri de choque quando me inclinei no encosto do banco e a vi abrindo o ~~almoço~~ café da manhã. Estava cheio de rolinhos de arroz e pedacinhos de peixe com pepino em cima. Ofereci um dos meus sanduíches, mas ela disse que gostava de sushi. O que é totalmente estranho, depois que eu apresentei os nuggets de frango para ela.

A Catie ainda não entende de comida gostosa. Talvez se ela provar uma das carinhas de pizza que o meu pai faz para o jantar

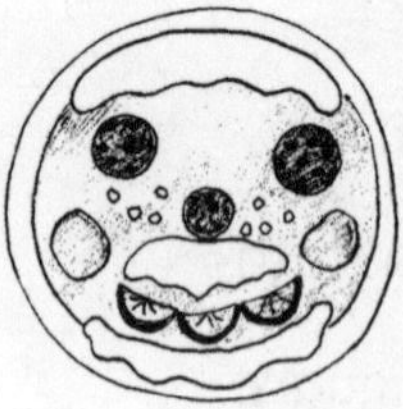

(colocamos o recheio da pizza em forma de carinhas: pepperoni para os olhos, fatias de tomate para a boca, milho-verde para sardas, etc.), ela finalmente perceba que a gente não PRECISA gostar de coisas tipo sushi, porque existem comidas muito mais gostosas.

Também dei uma olhada no café da manhã da Sophie. Ela trouxe:

Três triângulos de queijo.

Um pacote de salgadinho de queijo.

Quatro biscoitos de queijo.

Um pedaço de queijo. 

Talvez seja por isso que ela é tão triste. Eu gosto de queijo, mas se eu tivesse que comer só queijo o tempo todo, eu ia ficar enqueijoada. ☹ Então imaginei a família dela, todo mundo comendo queijo.

MÃE DA SOPHIE: O jantar está pronto!

SOPHIE: O que vamos comer?

MÃE DA SOPHIE: Macarrão com queijo.

PAI DA SOPHIE: O meu pode ser com queijo extra?

MÃE DA SOPHIE: É claro! E não *se* esqueçam do bolo de queijo na sobremesa!

Talvez a Sophie odeie queijo, mas a mãe e o pai dela a obriguem a comer O TEMPO TODO. Como quando a minha mãe decidiu que devíamos comer mais nabos. Ela colocava nabo em tudo: ensopado, espaguete à bolonhesa, curry. E ainda fazia purê de nabo com salsicha.

ERA HORRÍVEL. Eu pensei que ia me transformar em um nabo!

Por sorte, ela se cansou de nabo e a gente voltou à alimentação normal depois de uma semana. Mas os Dias do Nabo me marcaram para o resto da vida. Eu ainda

me sinto enjoada quando vejo nabos no supermercado. Vai ver eu peguei nabofobia.

Acabei de perguntar à Sophie se ela gosta de nabo. Ela disse que não. Aí ela me olhou pelo canto do olho como se estivesse sentada ao lado de uma louca. Acho que pode ter parecido uma pergunta estranha, porque ela não sabia que eu já estava pensando em nabos. (Imagine o quanto as conversas seriam mais fáceis se a gente soubesse o que a outra pessoa estava pensando. Seria ótimo poder ler mentes! Na verdade... NÃO! Ler mentes seria TERRÍVEL! Eu já tenho bastante dificuldade para ouvir tudo o que eu penso. Imagine se eu também tivesse que ouvir os pensamentos das outras pessoas! Acho que eu ia explodir.

Mas gostaria de poder ler a mente dos gatos. Eu sempre quis saber o que os gatos pensam.

E os cães. E as lontras! Aposto que as lontras têm os pensamentos mais fofos. Tipo: "Será que eu boio de costas e deixo minha barriguinha secar?", ou: "Uau, este peixe é ainda mais gostoso do que eu esperava!".) Então eu perguntei para a Catie e para a Jenny se elas gostavam de nabo, só para fazer parecer normal. Elas também não gostam. (Preciso me lembrar de falar para a minha mãe que NINGUÉM gosta de nabo, só para garantir, caso dê a louca do nabo nela de novo.)

O ônibus segue zunindo por uma rodovia. A Catie e a Jenny estão fazendo pulseiras enquanto eu escrevo no meu diário. A Sophie está jogando no celular.

NOTÍCIAS TRISTES!

Fiquei um pouco triste porque o professor Bacon acabou de nos falar com quem vamos dividir os quartos. Vou ficar com a Sophie. A Catie vai ficar com a Jenny ☹. Eu estava MUITO ansiosa para dividir o quarto com a Catie. Seria como uma festa do pijama de duas noites.

Mas vou ter muito tempo para fazer a Sophie sorrir. Quando ela vir meu pijama cor-de-rosa de porquinho, ela TEM que sorrir. É o melhor pijama.

O professor Bacon prometeu que o nosso quarto vai ser ao lado do quarto da Catie e da Jenny. Isso é bem legal. A gente pode inventar um código e trocar mensagens através da parede, como espiãs.

Código Secreto da Pippa

1 batida = olá

2 batidas = você está acordada?

3 batidas = sim

Isso é mais difícil do que eu imaginava. Eu e a Catie costumamos ter muito mais coisas para dizer uma à outra do que "olá", "você está acordada?" e "sim".

Já sei! Meu pai me ensinou um código faz um tempão. O avô dele usava quando era prisioneiro de guerra durante a Segunda Guerra Mundial. Ele ficou trancado em uma grande cabana de madeira com muitos outros prisioneiros, e à noite eles não podiam falar, por isso costumavam dar batidinhas nas laterais dos beliches para passar mensagens entre si, ou nas paredes, se estivessem em celas diferentes.

Código do bisavô Morgan

Número de batidas	1	2	3	4	5
1	A	B	C	D	E
2	F	G	H	I	J
3	K	l	M	N	O
4	P	Q	R	S	T
5	U	V	W	X	Y

A gente lê na horizontal e depois na vertical para encontrar a letra certa. Então, uma batida seguida de quatro batidas é 1 na horizontal e 4 na vertical, o que dá a letra P.

O meu nome é 1 + 4, 4 + 2, 1 + 4, 1 + 4, 1 + 1.

Não tem espaço na tabela para o Z, mas acho que o Z pode ficar junto com o Y. A gente só precisa se lembrar de que:

Yero = Zero

Ayul = Azul

Coyinha = Cozinha

Yebra = Zebra

Isso vai ser incrível. Vou fazer uma tabela para a Catie, para a Jenny e para a Sophie AGORA MESMO!

A Catie e a Jenny ficaram superempolgadas quando eu dei as tabelas. Mal podiam esperar para experimentar o nosso código. Agora elas estão praticando, dando batidinhas nas lancheiras. Eu esperava que o código do meu bisavô fosse animar a Sophie, mas ela só disse "obrigada" quando eu entreguei a tabela, depois ficou olhando para ela durante um minuto, e então desviou os olhos para a janela. Talvez ela ache que é difícil demais. É um pouco difícil no começo. Vou explicar para ela mais tarde, quando a gente descer do ônibus. Ela vai adorar quando eu mostrar como é fácil.

Quem sabe ela até acaba sorrindo. Seria perfeito! Ainda mais se eu encontrasse um fantasma logo depois.

FANTASMAS DETECTADOS: 0

MEDIDOR DE SORRISO: ☹

Mais tarde

O hotel é fabuloso! Nosso quarto tem teto alto, grandes janelas velhas e seu próprio banheiro. Este prédio tem que ser mal-assombrado. É muito velho! E tem quilômetros e quilômetros de corredores e escadas em todos os lugares. Se eu fosse um fantasma, com certeza ia querer ficar num lugar como este. Quando eu não estivesse flutuando pelos corredores, assustando os hóspedes, eu ficaria em quartos vazios pedindo serviço de quarto. Eu poderia atravessar paredes. E pular nas camas sem amassar o lençol. Genial!

Tenho que escrever isso bem rápido. Estamos só jogando nossas mochilas nos quartos, porque vamos almoçar e sair para o parque Seaview. Eu e a Sophie vamos ficar em um beliche, e quando eu perguntei se ela queria ficar na cama de cima, ela respondeu:

– Eu não ligo.

Viva! Fiquei com a cama de cima. Eu nunca dormi na parte de cima de um beliche antes.

Vai ser como dormir no topo do mundo! Já subi a escada seis vezes. A Catie entrou para ver nosso beliche. Ela e a Jenny estão no quarto ao lado, só que elas têm camas comuns. Eu disse à Catie que ela tem que dormir na cama do lado da parede, para a gente poder usar o código secreto para conversar, mesmo depois de todo mundo ir dormir.

Imagine se a gente estiver enviando mensagens codificadas e um fantasma começar a *bater* na parede! Poderia nos mandar todos os tipos de mensagens *sobre* como é estar morto. Será que os fantasmas comem e *bebem*? Eles conseguem ver outros fantasmas? Eu queria perguntar um monte de coisas para um fantasma:

Você voa?

Você consegue atravessar paredes?

O que você acha de celulares e de TVs e de carros e de computadores?

Você fala, ou só faz ruídos assustadores de *buuuuuuuu*?

Você pode ir a qualquer lugar do mundo? (Imagine só voar para a Índia ou para o Japão! Ou talvez eles não voem. Talvez eles só imaginem o lugar que querem assombrar e aí aparecem lá. Ou talvez eles fiquem presos no lugar onde morreram.)

A professora Ellen está chamando a gente. (Ela vai dormir em um quarto no final do nosso corredor. Os meninos estão todos no andar de baixo com o professor Bacon.) Preciso ir almoçar. Comida de hotel! Estou MUITO empolgada. Gostaria de saber se vai ser como a comida no *Mestre-cuca*.

FANTASMAS DETECTADOS: 0

MEDIDOR DE SORRISO: ☹

Depois do jantar

A comida do hotel não tem nada a ver com a comida do *Mestre-cuca*. No almoço, tomamos uma sopa de tomate bem sem graça. E no jantar comemos lasanha com cenoura. Foi meio como as comidas da escola. (Eu tirei uma foto das cenouras para mostrar para a Julie. Acho que assim ela não vai se sentir tão triste por ter perdido a viagem.)

Agora é hora de dormir e eu estou escondida na cama de cima do beliche. O chão está a quilômetros de distância, lá embaixo. Estou fingindo estar deitada em uma rede no meio de uma floresta tropical, e o teto em cima de mim é a copa das árvores, e o som dos meninos dando gritinhos nos quartos do andar de baixo é uma trupe de orangotangos.

A Sophie está na cama de baixo. Perguntei se ela queria ver as fotos que eu tirei no parque Seaview, mas ela só deu de ombros e disse que queria ler o livro dela. Então é isso que ela está fazendo. Eu ouço a Sophie virar as páginas a cada poucos minutos. Fora isso, ela está em silêncio absoluto. (Aliás, meu pijama cor-de-rosa de porquinho não a fez sorrir. ☹) Estou ouvindo a Catie e a Jenny rindo no quarto ao lado.

Depois do jantar, eu arrastei a Sophie para o quarto delas. A gente ouviu o álbum novo da Tiffany J e inventou alguns passos de dança novos (na verdade, eu, a Catie e a Jenny inventamos passos de dança. A Sophie ficou só olhando). Mas aí veio a professora Ellen e disse que era hora de dormir, então eu e a Sophie tivemos de voltar para o nosso quarto. O toque de recolher é daqui a vinte minutos, o que deve me dar tempo suficiente para escrever sobre o parque Seaview.

A visita ao parque Seaview foi incrível! Quando o professor Bacon disse que lá não tinha golfinhos nem tubarões, eu fiquei bem triste. Mas então eu vi as lontras.

AS LONTRAS SÃO DEMAIS!

Elas têm um cercado muito fofo com uma grande piscina. Tinha uma lontra mamãe que só ficava flutuando de costas com as patas dianteiras dobradas sobre o peito como se estivesse pegando um solzinho. E as lontras bebês ficavam subindo na barriga dela e depois pulando para dentro da água. E durante todo o tempo eu fiquei fingindo que conseguia ler mentes e imaginando o que elas estavam pensando:

"Ei, vamos saltar da barriga da mamãe!"

"Aii! A água está fria!"

"Vamos fazer uma corrida de natação!"

Foi incrível!

Mas essa não foi a melhor parte.

Os flamingos foram legais.

Eles conseguem ficar apoiados em uma pata só por horas, o que os faz parecer abajures enormes! Tentei ficar num pé só também, mas só consegui manter o equilíbrio por alguns segundos.

Mas essa também não foi a melhor parte.

A melhor parte foi quando deixaram a gente entrar na casa dos pinguins! Fiquei cercada de pinguins! Eles não chegaram muito perto, mas fizeram um círculo em volta da gente e gritaram como se estivessem brincando de "Ciranda cirandinha". Eu não conseguia parar de sorrir, e a Jenny ficava dando gritinhos de medo cada vez que um pinguim se aproximava. A Catie queria passar a mão em um deles, mas a tratadora que estava com a gente disse que era melhor não, porque os pinguins poderiam morder. A Sophie não pareceu nem um pouco animada, como se fosse normal ter pinguins por perto.

Talvez seja normal para ela!

Talvez a casa dela seja cheia de animais estranhos. Vai ver o pai dela é um professor louco que coleciona criaturas estranhas e raras. Talvez ela viva em uma casa velha, grande e barulhenta, com girafas nos corredores, zebras na cozinha e pinguins em todos os banheiros.

Talvez ela esteja triste porque o pai dela passa mais tempo com os animais do que com ela. Ou vai ver a Sophie divide o quarto com um hipopótamo.

Eu acho que isso me deixaria triste.

A tratadora tinha um balde de peixes e começou a alimentar os pinguins. Eles simplesmente abriam o bico e engoliam o peixe inteiro. Foi incrível. Como ficar vendo meias desaparecerem dentro do aspirador de pó. Ainda bem que eu não sou um pinguim. Lasanha pode ser sem graça, mas engolir um peixe inteiro deve ser nojento.

Quando saímos da casa dos pinguins, eu perguntei para a tratadora se ela já tinha visto um pinguim fantasma.

O Jason e o Tom, que estavam esperando com os outros do lado de fora, acharam minha pergunta muito idiota, e o Jason riu tão alto que o professor Bacon teve que mandar ele ficar quieto. Mas eu não achei que fosse uma pergunta idiota. Se as pessoas podem virar fantasmas, por que os pinguins também não podem? Ou os suricatos? Ou os flamingos? Ou qualquer coisa! Aposto que deve ter um montão de fantasmas no parque Seaview.

Eu queria que a gente tivesse ficado lá a noite toda. Até posso imaginar. Eu e a Catie poderíamos ter saído de fininho de perto do grupo e nos escondido atrás das latas de lixo, perto da lanchonete. Aí, quando todo mundo tivesse ido embora, a gente poderia voltar para os cercados e caçar fantasmas de animais. Eu poderia usar meu celular para gravar ruídos fantasmagóricos enquanto a Catie procuraria lugares gelados no ar. A gente poderia ter ido de fininho para o fundo da casa dos pinguins. Poderia ter visto fantasmas pinguins, amontoados na piscina, todos tão transparentes que daria para a gente enxergar do outro lado. Um flamingo fantasma poderia ter sobrevoado a gente, enquanto os suricatos fantasmas flutuariam através das paredes do cercado deles e as lontras fantasmas dispărariam por toda parte, com as carinhas fofas de lontras todas pálidas e os olhões de lontras olhando fixo na escuridão.

Uau! Teria sido muito assustador.

A professora Ellen está gritando para a gente apagar as luzes. É melhor eu guardar meu diário. Estou tão ansiosa que não sei se vou conseguir dormir!

<u>Zzzzzzzzzzzzzzzzzzzzzzzzzzzzz</u>

São seis da manhã e eu sou a primeira acordada. A Sophie ainda está dormindo no beliche embaixo de mim. Eu posso ouvi-la roncando baixinho.

Este hotel só pode ser assombrado.

Depois que todo mundo foi dormir, eu e a Catie experimentamos o nosso código de batidinhas (aliás, funcionou muito bem). Aí, aconteceu uma coisa <u>totalmente misteriosa</u>!

As luzes estavam apagadas fazia quinze minutos, e a Catie bateu na parede. Ela bateu assim: O-I P-I A J-E-N J-Á D-O-R-M-I-U.

Eu bati: A S-O-P-H-I-E T-A-M-B-É-M.

E a Catie respondeu: E-L-A J-Á S-O-R-R-I-U?

Eu bati: N-Ã-O.

Depois, eu ouvi outro barulho de batidinhas e pensei que era a Catie, mas não consegui entender o que ela estava dizendo, então eu bati: O Q-U-Ê? Ela bateu: O Q-U-E O Q-U-Ê?

Aí eu disse: F-O-I V-O-C-Ê Q-U-E B-A-T-E-U?

E a Catie: N-Ã-O.

Meu coração disparou no peito. Os fantasmas sempre faziam barulhos de *toc-toc* no *Super Susto*. Então eu comecei a sacudir as mãos no ar para sentir *se* tinha ficado frio, mas não tinha.

EU: V-O-C-Ê O-U-V-I-U I-S-S-O?

CATIE: O-U-V-I!

EU: F-O-I U-M F-A-N-T-A-S-M-A?

CATIE: N-Ã-O S-E-I.

Então eu parei de bater, e a Catie também. Fiquei prestando atenção para ver se ouvia mais batidas de fantasma. Só que eu devo ter pegado no sono, porque quando me dei conta, já tinha claridade entrando pelas cortinas e meu celular estava dizendo que eram seis da manhã.

Mal posso esperar até o café da manhã para contar para todo mundo que eu e a Catie ouvimos um fantasma.

FANTASMAS DETECTADOS: !!!!!!
MEDIDOR DE SORRISO: ☹

No ônibus

Ninguém acreditou em mim! Eu contei para todo mundo na minha mesa *sobre* ter ouvido as batidas: a Jenny, a Amanda, a Sophie, a Freya e a professora Ellen. Mas elas acharam que eu devia ter sonhado. A Catie contou que ela também ouviu, e a Catie é uma testemunha totalmente confiável. Se a gente estivesse em *Distrito Policial*, o Mike Hatchett teria acreditado em nós, porque ele sempre sabe quando alguém está dizendo a verdade.

Então eu usei o teste de detector de mentira que o bisavô Morgan me ensinou. Lambi minha colher de cereal e colei no nariz. ☺

Expliquei para todo mundo que, se eu estivesse mentindo, a colher ia cair. Então eu disse:

– Eu ouvi um fantasma.

E a colher NÃO CAIU. Uma prova completa e absoluta! Mas a professora Ellen disse que a gente estava em um hotel antigo e provavelmente eram só os canos de água batendo. Pelo visto, isso acontece em prédios antigos.

Mas não se parecia nada com canos batendo!!

O tempo todo em que eu estive contando a minha história sobre os fantasmas, o Tom e o Jason (que estavam sentados na mesa ao lado, com o professor Bacon) ficaram dando risada. A Catie disse que parecia que eles estavam tramando alguma coisa. Mas eu acho que só estavam rindo da minha história de fantasmas.

Não sei por que eles acham que fantasmas são engraçados! Com certeza, eles não estão em sintonia com o mundo espiritual do jeito que eu estou. Só faz uma noite que estou aqui e já tive meu primeiro contato fantasmagórico!

Eu SUPER vou ver um fantasma no castelo Carisbrooke. A gente está indo para lá agora. A Sophie está sentada ao meu lado jogando no celular outra vez. A Catie e a Jenny estão dando uma olhada nas tarefas que o professor Bacon nos deu. Eu continuo olhando pela janela. A qualquer momento, o castelo Carisbrooke vai aparecer no horizonte. O rei Carlos I viveu nele durante meses. Aposto que o seu espírito está preso em algum calabouço velho e úmido com cheiro das meias velhas do meu pai no cesto de roupa suja.

Tenho certeza de que ele vai ficar contente quando eu o descobrir lá. Deve ser solitário ser um fantasma.

AI, MEU DEUS!!!

E se ele não tiver cabeça? Os Cabeças Redondas cortaram a cabeça dele fora! E se eu vir um fantasma sem cabeça?? Vai ser tão legal! Ele pode estar segurando a cabeça debaixo do braço. Imagine ter que passar a eternidade carregando a cabeça para cima e para baixo. Será que cabeças de fantasmas são pesadas? Talvez eu possa emprestar a minha mochila. Seria muito mais fácil carregar a cabeça dentro da mochila.

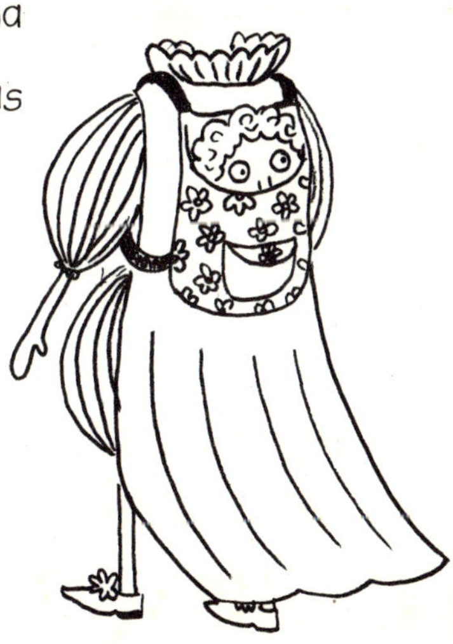

Eu recarreguei o celular, então tenho bateria suficiente para gravar qualquer manifestação sobrenatural. E estou deixando as mãos nos bolsos para que elas fiquem bem quentes, aí vou poder sentir o ar frio de fantasma com bastante facilidade. Estou usando minha blusa azul de frio, é claro. A parte fofa está bem macia no momento (eu não escovei o cabelo hoje de manhã para ter certeza de que não ia ter estática nenhuma), então está pronta para detectar energia de fantasma.

Estou vendo!!!! O castelo! Sobre uma colina lá longe. É todo velho, cinza e cheio de torres.

Acabei de perguntar para a Sophie se ela poderia me ajudar a procurar o fantasma do rei Carlos I, mas ela disse que não acredita em fantasmas.

Então eu perguntei a ela sobre o fantasma no nosso quarto ontem à noite, e ela só disse que eram os canos, assim como a professora Ellen.

Coitada da Sophie. Preciso fazê-la sorrir logo. A imaginação dela deve estar morrendo. Ela está começando a pensar como um adulto! Eu só queria que não fosse tão difícil. Tentei na hora do café da manhã. Quando ela saiu da mesa para ir buscar suco de laranja, eu arrumei as torradas, as salsichas e os ovos no prato dela em forma de carinha sorridente. Mas quando se sentou de novo, ela nem percebeu! Ela só espetou a salsicha da boquinha com o garfo e passou na gema do ovo. Coitada da carinha de café da manhã. ☹

Aaah, estamos no estacionamento do castelo.

É hora de guardar meu diário e começar a maior caça aos fantasmas que eu já tive na vida!

FANTASMAS DETECTADOS: 1

(Não importa o que a professora Ellen disse)

MEDIDOR DE SORRISO: ☹

No ônibus

O castelo Carisbrooke foi incrível! A Catie e a Jenny estão sentadas atrás de mim brincando com os globos de neve que elas compraram na loja de lembrancinhas. A Sophie está sentada ao meu lado. E, acredite se quiser, ela NÃO parece triste!

O castelo era muito grande e demoramos um século para andar por ele. Tinha um guia turístico que nos falou que já houve MUITAS aparições de fantasmas no castelo. Existe um mito de que uma mulher se afogou no poço há centenas de anos e às vezes seu rosto aparece na água do poço. Eu e a Catie olhamos lá embaixo, mas era tão fundo que não conseguimos ver nada, só umas sombras.

E a minha blusa não se arrepiou. Mas o poço fazia um monte de barulhos assustadores de eco quando a gente gritou lá para baixo:

– Você está aí, mulher afogada?

Então, o guia nos falou sobre um outro mito: dizem que a Dama Cinzenta, um fantasma com uma longa capa e quatro cães, ronda pelo castelo à noite. Eu queria ser a Dama Cinzenta. Seria muito legal levar quatro cachorros para passear, ainda mais se um deles for um labradoodle.

Eu amo labradoodles!

Perguntei se alguém já tinha visto o fantasma do rei Carlos I, mas o guia disse que não.

E eu respondi:

– Ainda não.

Eu juro, minha blusa começou a se arrepiar quando eu disse isso.

Enquanto estávamos dando uma olhada nos arredores, a Sophie levantou a mão e perguntou se podia ir ao banheiro.

O professor Bacon me pediu para ir junto com ela para que ela não se perdesse. Então nós cruzamos o pátio juntas e entramos no corredor do outro lado. Aí fomos seguindo as placas que indicavam o banheiro, e quando encontramos, a Sophie entrou.

Enquanto eu estava esperando do lado de fora, ouvi passos ao longe.

Olhei pelo corredor, mas não vi ninguém. Só que os passos ficaram mais altos. Em seguida, os pelinhos na minha blusa azul começaram a se arrepiar nos meus braços. Tirei o celular do bolso, mas antes que eu pudesse abrir a câmera, um homem apareceu no final do corredor.

Congelei!

Eu mal podia acreditar nos meus olhos. O homem tinha uma barba pontuda preta, roupas antigas, uma capa e longos cabelos encaracolados.

Eu estava olhando para o rei Carlos! Fiquei tão assustada e animada que minha boca ficou seca. Eu queria chamar a Sophie, mas só consegui olhar e esperar enquanto o fantasma do rei Carlos I passava por mim e desaparecia na esquina do outro lado do corredor.

Eu senti o vento da capa dele roçar em mim. Era tão frio que me fez estremecer.

Eu nem sequer notei quando a Sophie saiu do banheiro. Eu estava ocupada demais tentando olhar para o fantasma, e meu coração batia tão forte que eu podia ouvi-lo bem alto!

A Sophie me cutucou, depois deu um gritinho quando minha blusa azul deu um choque nela.

Isso me trouxe de volta para a realidade. De repente eu estava descongelada.

– Rápido! – gritei e agarrei o braço dela.

Corri pelo corredor, perseguindo o fantasma. Eu me atrapalhei toda com o celular para tentar tirar uma foto, mas correr e mexer no celular ao mesmo tempo não é fácil, e ainda por cima eu estava arrastando a Sophie atrás de mim.

– O que foi? – ela ofegou.

– Um fantasma!

Uma porta começou a fechar bem na nossa frente quando viramos em outro corredor, derrapando. Eu consegui entrar a tempo de ver o rei Carlos cruzando o pátio.

Parei, levantei a câmera e tirei uma foto. Eu *só* consegui tirar uma foto, antes que ele

desaparecesse por outra porta onde estava escrito "Não entre".

A Sophie parou e me puxou de volta.

– Não podemos entrar lá! É proibido.

Fiquei olhando para ela, e todos os meus pensamentos estavam disparados a um milhão de quilômetros por hora. O que o Marcus Flaunch faria? Ele NUNCA deixaria uma placa de "Não entre" ficar entre ele e o fantasma do rei Carlos I. Ele invadiria aquela porta, sacudindo no ar os equipamentos de detectar fantasmas.

– Mas a gente precisa entrar! – falei num gritinho. – Aquele era o fantasma do rei Carlos I!

A Sophie piscou para mim, é sério. Ela parecia animada!

Então ela deslizou ao meu lado e abriu a porta com cuidado, como se pudesse ter um tigre esperando do outro lado.

Nós duas espiamos.

Um corredor estreito se estendia à frente, e depois virava uma esquina. Não havia nenhum sinal do rei Carlos.

Bem quando eu estava prestes a andar de fininho ao lado da Sophie e entrar, um grito soou atrás de nós. Eu me virei e vi o professor Bacon acenando do outro lado do pátio. O resto da turma estava reunido em torno dele.

– Vocês se perderam? – ele chamou.

A professora Ellen estava ao lado dele.

– Vocês não podem entrar aí! – ela disse. – Está escrito "Não entre".

Meu coração afundou no peito como uma pedra.

Eu queria ver aonde meu fantasma tinha ido. Minha blusa estava eriçada como um gato arrepiado de medo.

(Decidi escrever na hora para o Marcus Flaunch e dizer para ele comprar uma blusa de pelinho, porque era muito melhor para detectar fantasmas do que o equipamento dele.)

– Vamos – a Sophie disse e me puxou em direção à turma. Todos já estavam seguindo para um edifício mais distante ao longo do pátio.

– Por que vocês demoraram tanto? – a Catie sussurrou, quando fomos para perto dela.

Eu ia contar *sobre* o fantasma, mas, nesse momento, a Sophie fez uma coisa tão surpreendente que eu esqueci de falar.

A Sophie PISCOU para mim! Era um *segredo*, uma piscadinha especial, como se *fôssemos* amigas de verdade. Eu fiquei feliz na hora.

– Depois eu conto – *sussurrei* para a Catie.

Segui o grupo, eriçada de ansiedade, e a gente foi dar uma olhada na masmorra do castelo.

Tinha uma roda de burro ao lado de um poço. Pelo visto, o poço é tão profundo que precisa de um burro andando na roda (parece uma roda de madeira para hamsters, só que enorme) só para puxar o balde até o topo.

Foi quando o Jason começou a me provocar. Ele disse bem alto:

– Ei, Pippa. Pergunte ao guia do castelo se aqui existem fantasmas de burro.

E todo mundo riu. Aí, ele disse que, se havia fantasmas de pinguim no parque Seaview e fantasmas batendo nos canos do hotel, só podia ter fantasmas de burro no castelo também.

Eu sabia que tinha uma foto real de fantasma no meu celular e tinha que provar que eu conseguia ver fantasmas. Então, eu mostrei a foto.

– Olhe. É o fantasma do rei Carlos I!

O Jason ficou olhando e, pela primeira vez DE TODAS, ele não disse nada. Só pareceu um pouco pálido.

Ele quase não disse nada durante todo o caminho até o prédio ao lado, que era o mesmo onde meu rei fantasma tinha desaparecido. Eu fiquei MUITO ansiosa. Eu estava sentindo um frio duplo na barriga. E se eu o visse de novo? E se ele aparecesse na frente de toda a classe? Seria a melhor visão de fantasma no mundo e provaria que sou um verdadeiro ímã de fantasmas. O Marcus Flaunch iria implorar para eu ir ao programa de TV dele...

* suspiro *

Eu poderia ter o meu próprio programa de TV!

Milhões de pessoas me veriam, toda semana, descobrindo fantasmas em todo o mundo!

Cutuquei a Sophie quando a gente passou pela porta.

– Avise se você vir o fantasma – sussurrei.

– Tá – ela sussurrou de volta.

A Catie se aproximou mais.

– O que vocês estão cochichando?

– Você vai ver em um minuto – respondi.

Eu simplesmente sabia que o rei Carlos iria aparecer de novo. Enquanto a gente acompanhava o guia e entrava num salão, eu verifiquei minha blusa: não estava mais arrepiada. Mexi os dedos, procurando partes frias no ar, só que o ar lá dentro estava quente.

Eu estava tão ocupada vasculhando o salão em busca de presenças fantasmagóricas que quase não ouvi o guia anunciar que uma pessoa da equipe do castelo ia falar com a gente.

Aí eu vi o meu fantasma!

Ele passou debaixo de uma arcada, ficou na frente da minha turma e fez uma reverência.

Estava acontecendo de verdade! Meu fantasma estava aparecendo na frente de toda a classe.

O guia estendeu o braço e disse:

– Este é o rei. Ele vai contar a vocês como era ser um prisioneiro no castelo Carisbrooke na década de 1640.

Pisquei. O guia estava agindo como se o meu fantasma fosse a coisa mais normal do mundo. Será que o rei Carlos I aparecia todos os dias?

Aí, de repente, percebi que meu fantasma estava usando uma peruca. E que suas roupas eram uma fantasia. Meu fantasma não era um fantasma. Era um ator, fantasiado de rei Carlos I.

Devo ter visto o ator correndo para se aprontar a tempo da apresentação.

Comecei a sentir calor. Comecei a sentir meu rosto ficando vermelho. Eu estava pronta para morrer de vergonha quando o Jason apontou para o ator e riu.

– Olhe, Pippa. É o seu fantasma!

Então ele riu ainda mais alto e gritou para o ator:

– Hahaha! A Pippa pensou que você fosse um fantasma!

Todo mundo começou a rir, até mesmo a professora Ellen.

Se eu tivesse morrido de vergonha, teria assombrado o Jason Matlock pelo resto da vida dele.

Então a Catie colocou o braço no meu ombro e me deu um apertinho rápido.

– Não tem problema, Pippa. Tenho certeza de que você vai encontrar um fantasma de verdade logo, logo – ela disse.

A Sophie ficou bem pertinho de mim e sussurrou:

– Eu também pensei que fosse um fantasma de verdade.

E ela me deu um sorriso compreensivo.

De repente, eu me senti melhor.

OK, não era um sorriso feliz, mas era um sorriso. Eu podia não ter encontrado o meu fantasma ainda, mas pelo menos eu comecei a animar a Sophie.

Depois disso, fizemos um piquenique no jardim do castelo. Eu e a Catie dividimos um banco com a Sophie e com a Jenny. A Sophie e a Jenny trocaram sanduíches entre si (afinal, a Sophie gosta de queijo), e eu me ofereci para trocar minhas batatas fritas pelas batatas com sal e vinagre da Sophie. Ela pareceu muito contente.

Quando voltamos para o ônibus, a Sophie se sentou ao meu lado como se ela realmente quisesse, e não porque era obrigada. E quando eu sugeri que a gente brincasse de adivinhas, ela aceitou.

Eu vi uma coisa que começava com J. A Sophie chutou um milhão de respostas. Janela. Joia. Jujuba. Jornal. Mas ela estava olhando para fora do ônibus. Eu estava olhando para o jacaré de pelúcia pendurado na mochila da Mandy Harrison. Quando a Sophie finalmente seguiu meu olhar e encontrou, respondeu num gritinho:

– Jacaré.

Foi tão alto que ela corou e cobriu a boca com as mãos, como se tivesse acabado de arrotar sem querer.

Quase pareceu que a gente era amiga de verdade. Então eu perguntei sobre a escola antiga dela. Eu queria saber se ela estudava em uma escola para meninas (Razões Para a Sophie Estar Triste nº 3), mas ela disse que não. Era uma escola como a nossa. Aí ela pareceu infeliz de novo, e eu disse logo que era a vez dela. Então a Sophie começou a escolher alguma coisa para eu adivinhar.

Comecei a cortar itens da lista na minha cabeça.

Razões Para a Sophie Estar Triste

- ~~Ter seis dedos no pé~~

- ~~Queijo demais~~

- ~~Ter de ir para a escola com meninos~~

Então ela interrompeu meu pensamento:

– Eu-vejo-uma-coisa-que-começa-com-O.

Ela estava olhando pela janela, então eu olhei também. O ônibus passou bem depressa ao lado de um orelhão vermelho. Eu gritei:

– Orelhão!

E estava certo! De primeira! O orelhão parecia muito velho, como aqueles que aparecem nos programas de televisão que minha mãe gosta de ver.

Será que o Marcus Flaunch já investigou um orelhão assombrado? Eu posso até me imaginar vendo o *Super Susto* com o Marcus e a Sally Pippin espremidos dentro de uma cabine telefônica, enquanto o Marcus está tendo um de seus momentos psíquicos.

MARCUS: *Você está sentindo o frio?*

SALLY: (espremida ao lado dele) Na verdade, estou sentindo um pouco de calor.

MARCUS: Há uma presença aqui com certeza. Meu medidor de energia está desequilibrado.

Então, o telefone toca de repente.

A Sally grita.

O Marcus atende, e depois uma voz fantasmagórica diz:

– A última pessoa que atendeu o telefone não escapou daqui...

Isso seria MUITO assustador!

Talvez seja bom que o rei Carlos I não seja um fantasma de verdade. Ele ainda deve estar bem zangado com os Cabeças Redondas que cortaram a cabeça dele. Os reis não esperam perder a cabeça. Em geral, são eles que cortam as dos outros. Se ele fosse real e tivesse me visto correndo atrás dele com o celular, poderia ter pensado que eu era uma Cabeça Redonda e começado a me perseguir!!

O sol saiu, então eu tirei minha blusa azul de caçar fantasmas. Acho que preciso de uma pausa dessa história de caçar fantasmas. Como será que vai ser o cinema?

FANTASMAS DETECTADOS: 0

MEDIDOR DE SORRISO: 

No hotel depois do jantar

O jantar foi ótimo. Estou TÃO cheia! Teve entrada, prato principal e sobremesa. Foi quase como jantar três vezes. Primeiro tomamos sopa de legumes com macarrão de letrinhas. A Catie escreveu PIPPA, SOPHIE e JENNY na borda da tigela. Depois, a Jenny escreveu EU GOSTO DE SOPA na tigela dela.

Eu escrevi FANTASMAS com o meu macarrão.

A sopa já estava bem fria quando a gente tomou, mas continuava gostosa.

Depois comemos alguma coisa de frango. Estava muito melhor do que a lasanha (mas não tão bom quanto nuggets). Depois foi a hora da sobremesa, que estava ainda melhor.

Era bolo de chocolate, mas com um recheio que escorria no meio. Estava tão delicioso que o Jason pediu para repetir, mas o garçom disse que eles não serviam segundas porções nos hotéis e lançou um olhar para ele como se dizendo que era melhor ele alimentar pinguins. Então o Jason lambeu o prato. Depois o Tom lambeu o prato, e em pouco tempo todos os meninos estavam lambendo os pratos. Eu queria lamber o meu, mas não queria ficar com um nariz de chocolate como o do Jason. Por isso, só usei a colher para raspar toda a calda.

Agora estamos de volta aos nossos quartos. Estou deitada na minha cama como uma grande baleia encalhada. Talvez eu tenha que correr pelos corredores do hotel depois que der um bom arroto. Preciso abrir o apetite. O nosso lanchinho da meia-noite vai acontecer em duas horas e meia. VIVA!

Mas primeiro tenho que escrever sobre o que aconteceu no cinema 4-D!

Era um filme sobre o fundo do mar. A gente estava usando óculos 3-D (eu adoro estar numa sala onde todo mundo usa óculos iguais. É muito estranho, parece um festival robô). Meu assento ficava balançando e me sacudindo quando algo na tela estava em movimento ou levava uma pancada. E quando tinha vento no filme, um vento de verdade soprava em mim. E chovia em todo mundo. Foi incrível! Depois, teve bolhas subindo em torno da gente como se a gente estivesse debaixo d'água. No início foram só algumas bolhas. Mas depois apareceram mais e mais até eu não conseguir mais ver a tela.

Tinha bolhas em toda parte. Um dos funcionários do cinema desceu correndo os degraus até a frente da sala e começou a mexer na máquina debaixo da tela. Os lanterninhas abriram as portas de saída e balançaram os braços, tentando jogar as bolhas para fora do cinema.

Um sussurro percorreu a nossa fileira até a Catie murmurar no meu ouvido:

– A máquina de bolhas quebrou.

O professor Bacon e a professora Ellen levantaram e começaram a jogar as bolhas para fora.

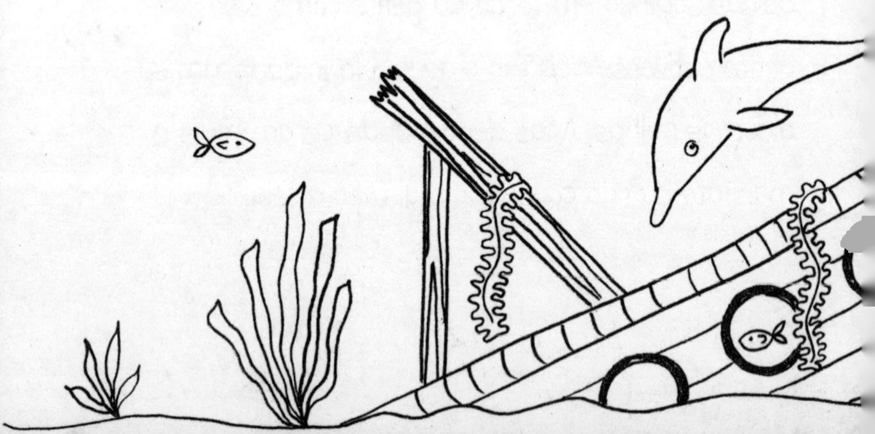

Aí, todo mundo levantou, agitando os braços, e as bolhas saíram rodopiando para todo lado. Ninguém mais estava assistindo ao filme. Fiz movimentos de helicóptero com os braços, mas isso só fez as bolhas girarem ao meu redor ainda mais. Era como ser uma exploradora submarina, só que eu conseguia respirar. Comecei a imaginar como seria nadar ao lado de golfinhos e tubarões e encontrar um navio naufragado no fundo do oceano. Bati os braços com mais força e fingi que estava entrando nas janelinhas do navio, e que todo o convés estava coberto de algas.

A gente não precisou do filme para nada.

Lancei um olhar para a Sophie ao meu lado. Ela estava estourando as bolhas entre as mãos. Tenho certeza de que ela estava sorrindo, mas era difícil dizer no meio de tanta agitação e de tantas bolhas.

A Sophie acabou de subir para a minha cama.

SOPHIE: (olhando para o meu pijama de porquinho) Gostei do seu pijama.

EU: (sorrindo com orgulho e me afastando para dar espaço para ela) Obrigada.

SOPHIE: (apontando para o meu diário) O que você está fazendo?

EU: Escrevendo no meu caderno de registros de caça-fantasma.

SOPHIE: Que legal! (*se ajeitando na ponta do meu beliche*) Você gosta de bala de goma?

EU: Eu adoro.

SOPHIE: Que bom, porque eu trouxe um pouco para o lanchinho da meia-noite.

FANTASMAS DETECTADOS: 0
MEDIDOR DE SORRISO: ☺

Depois da meia-noite

Esta foi a vez em que eu fiquei acordada por mais tempo (sem contar na véspera do Ano Novo, quando o tio Pete subiu no telhado para comemorar e ficou preso, e a minha mãe teve que chamar os bombeiros).

Foi a melhor noite de todos os tempos (ainda melhor do que a véspera de Ano Novo). Vamos voltar para casa amanhã, mas vou lembrar desta noite para todo o sempre.

Esperamos até depois da hora de dormir, então eu bati na parede da Catie.

EU: V-E-N-H-A P-A-R-A O N-O-S-S-O Q-U-A-R-T-O.

CATIE: O-K.

Então, ouvi alguém batendo na parede abaixo de mim. No começo eu pensei que fosse o fantasma da noite passada. Aí eu percebi que estava usando o nosso código.

T-E-N-H-O B-A-L-A-S D-E G-O-M-A.

Espiei pela lateral da cama e percebi que a Sophie estava sentada com o celular iluminando a tabela do código e passando uma mensagem pela parede.

Sorri para ela e desci do beliche, pousando com o maior silêncio possível. Eu não queria que a professora Ellen viesse ver o que a gente estava fazendo.

Em seguida, ouvimos uma batidinha suave na porta e eu deixei a Catie e a Jenny entrarem.

Tinham trazido os edredons com elas e nós puxamos todos os lençóis das nossas camas e montamos uma cabaninha fantástica usando as cadeiras do outro lado do quarto. Então a gente arrastou nossos edredons e travesseiros para dentro. Ficou MUITO confortável. A Jenny tinha trazido uma lanterna, e nós a usamos como abajur enquanto colocávamos todos os nossos estoques de doce formando uma pilha no centro.

Depois a gente se aconchegou debaixo dos edredons e começou a comer.

A Catie trouxe varinhas de alcaçuz e caramelos crocantes (aquele negócio delicioso que gruda nos dentes), a Jenny trouxe bombons

e balas azedas, e eu trouxe cobrinhas de goma e uma caixa inteira de gatos de chocolate branco que o tio Pete havia me dado de aniversário. A Sophie trouxe dois sacos inteiros de balas de goma e algumas balas de menta. Ela também trouxe um pacote enorme de salgadinho de queijo.

– Eu adoro queijo – disse ela, enquanto abria a embalagem.

Isso me deu uma ideia brilhante. Sanduíche de salgadinho de queijo com bala de goma! Apertei uma bala entre dois salgadinhos e comi de uma vez só. Ficou uma delícia. Os salgadinhos e a bala grudaram no meu dente e tinham um gosto muito bom quando eu tirei do dente e engoli.

Fiz a Catie experimentar um também e ela gostou muito. A Jenny, por outro lado, falou:

– De jeito nenhum.

A Sophie disse que gostava tanto de salgadinho de queijo que não queria estragar o gosto com as balas de goma.

Então a Catie comeu uma bala de menta e uma bala azeda ao mesmo tempo. Ela parecia tão feliz quando mastigou, que nós todas provamos também. Balas azedas de menta são fabulosas!

Eu ia experimentar um combo de caramelo crocante com bombom quando ouvi uma batida.

EU: (paralisada como um rato pego no flagra) Xiu!!!

CATIE: (com a boca ainda cheia de bala azeda de menta) Hmmm?

JENNY: (esticando uma cobrinha de goma) Eu não ouvi nada.

SOPHIE: (colocando o dedo nos lábios) Xiu!!!

Ficamos todas em silêncio, prestando atenção. A batida veio de novo.

Os olhos da Catie ficaram redondos como faróis de carro.

– Quem será que está batendo? Não tem ninguém no quarto ao lado! Estamos todas aqui!

JENNY: (enrolando a cobrinha de goma em volta do dedo) Devem ser só os canos, como disse a professora Ellen.

EU: Isso parece barulho de canos para vocês? (A batida era baixinha, como se fosse a Catie fazendo o código na parede dela, só que com mais força.) Canos não têm uma batida seca; a deles é metálica.

SOPHIE: (inclinando-se para ouvir melhor) Está vindo pelo chão.

A Catie prendeu a respiração e se enrolou mais debaixo do edredom. A Jenny começou a mastigar a cobrinha de goma.

A Sophie se virou de barriga para baixo e encostou a orelha no chão.

As batidas recomeçaram.

Tum tum tum tum.

– É debaixo da gente – disse a Sophie.

A batida continuou.

A Catie deu um gritinho.

– É um fantasma. Eu tenho certeza de que é um fantasma!

– Não existe esse negócio de fantasma – a Jenny respondeu.

Tum tum tum.

– Existe sim! – eu disse a ela.

Meu coração começou a bater muito rápido. Eu estava meio assustada e meio animada. Aquela poderia ser minha chance de encontrar um fantasma, um fantasma de verdade, para colocar no meu diário de caça-fantasma! Eu me abaixei debaixo do edredom e me arrastei para fora da cabaninha.

O ar do lado de fora estava gelado. Eu não tinha dúvida de que isso era um sinal de uma presença fantasmagórica.

Tum tum tum.

Peguei minha blusa azul cheia de pelinhos debaixo do beliche e vesti. Ela ficou estalando com a estática e eu tenho certeza de que o meu cabelo devia estar em pé, porque eu estava toda arrepiada. A batida foi ficando mais alta. Enfiei a cabeça de volta na cabaninha.

– Essa é a coisa mais assustadora e mais incrível do mundo!

A Sophie ainda estava com a orelha no chão. A Catie estava espiando por cima do edredom. A Jenny estava recolhendo o nosso estoque de doces dentro de uma fronha.

Então as batidas pararam.

A Catie congelou no lugar e olhou para mim.

– O fantasma foi embora?

A Sophie se sentou e disse:

– Ou ele foi embora, ou está vindo pegar a gente.

– Não! – a Catie gritou e desapareceu debaixo do edredom.

– Não se preocupem! Eu sei o que fazer – eu disse.

Para falar a verdade, eu não tinha a menor ideia do que fazer. E se aquele fantasma estivesse vindo para levar a gente embora? Meu caderno de registros de caça-fantasma ia ficar com páginas vazias. Eu ia acabar coberta de meleca assustadora.

O fantasma poderia roubar os nossos doces!

Tentei me livrar dos meus pensamentos assustadores e saí de dentro da cabaninha.

Então ouvi passos.

Passos altos e lentos no corredor do lado de fora. E estavam indo em direção à nossa porta.

– Ele está vindo! – a Jenny gritou e depois saiu da cabaninha.

A Sophie foi atrás. A Catie mostrou a cabeça entre os lençóis.

A lanterna jogou um brilho assustador no rosto dela quando saiu rolando pelo chão.

Os passos pararam.

Então alguma coisa bateu na nossa porta três vezes. Todas nós gritamos.

Fiz um sinal para as outras ficarem para trás. Afinal de contas, eu era a caçadora de fantasmas mais experiente. Eu é que tinha assistido ao *Super Susto*. E eu peguei um livro de fantasmas na biblioteca. Tentei imaginar o que o Marcus Flaunch faria.

Então, ouvimos as batidas de novo.

O Marcus iria tentar falar com a presença.

Fui andando de fininho até a porta.

– Quem está aí? – minha voz saiu tremendo.

Um gemido baixo soou além da porta.

Uma segunda voz começou a gemer. Depois, começou a dar uma gargalhada assustadora.

A voz que estava gemendo também começou a gargalhar, uma gargalhada louca que fez os cabelinhos na minha nuca ficarem em pé.

– São dois! – a Catie choramingou. Ela estava fora da cabaninha, agarrada à Jenny.

A Sophie estava com os olhos apertados olhando para a porta, como se estivesse planejando alguma coisa.

A risada assustadora sumiu.

Eu estava respirando tão rápido que mal conseguia falar. Mas imaginei que eu era o Marcus Flaunch. "Eles querem se comunicar" – falei para mim mesma. "Eles devem ter alguma coisa importante para me dizer."

De repente, eu me senti especial. De todos os hóspedes do hotel, esses fantasmas tinham escolhido a mim. Endireitei os ombros. Eu ia ajudar essas pobres almas perdidas a encontrar a paz de que elas precisavam.

– Podem falar comigo – eu disse através da porta. Eu estava me sentindo exatamente como o Marcus Flaunch. Então tentei uma das falas dele:

– Posso guiá-los para o seu descanso final.

– Piiiiiiipppppppppppaaaaaaaa – um dos fantasmas estava chamando meu nome!

Meu coração parecia que ia explodir. Meu agasalho de pelinhos estava arrepiado como se alguém estivesse esfregando balões nele. E a corrente de ar por baixo da porta estava tão gelada que meus pés pareciam estar pisando na neve. Pressionei o botão de gravar no meu telefone.

– O que vocês querem? – perguntei, falando igual ao Marcus Flaunch.

Parte de mim queria correr e se esconder na cabaninha e gritar até a professora Ellen vir nos resgatar. Mas eu tinha que descobrir o que esses fantasmas queriam.

Ouvimos outra gargalhada assustadora. Bom, na verdade, dessa vez parecia uma risadinha. Em seguida, veio uma voz através da porta.

– Queremos vooocêêêêêêêêêêê!

Eu recuei. Agora eu estava tremendo. Isso nunca tinha acontecido com o Marcus Flaunch. Se acontecesse, eu aposto que a Sally Pippin teria desmaiado e que o Marcus teria largado o equipamento de gravação e teria fugido.

– Socorro! – a Catie estava histérica de medo.

Ela subiu na cama de cima do beliche. A Jenny subiu atrás, e elas se abraçaram. Seus olhos estavam loucos de terror.

A Sophie não tinha se mexido. Ela estava olhando para a porta e parecia pensativa.

Pisquei para ela.

– Você não está com medo?

– Não.

Ela se virou e foi para o banheiro. Um momento depois, ela voltou trazendo duas grandes toalhas brancas. Ela foi marchando em direção à porta e atirou uma das toalhas para mim. Eu peguei a toalha e olhei para a Sophie.

– Para que isso?

– Escute – ela sussurrou e apoiou a cabeça na porta.

Coloquei a cabeça junto da dela e logo ouvi risadinhas do outro lado.

– É o Jason! E o tom! – sussurrou a Sophie. – Também eram eles que estavam fazendo o barulho. Aposto que o quarto deles fica embaixo do nosso. Eles estavam batendo no teto.

Pressionei o ouvido com mais força contra a madeira. A explosão de risadinhas parecia muito mais de meninos do que de fantasmas. Eu não sabia se devia me sentir aliviada ou decepcionada.

Então a Sophie colocou a toalha por cima da cabeça.

– Faça tudo o que eu fizer – ela disse.

Joguei a toalha sobre a cabeça.

– O que vamos fazer? – perguntei.

Será que essa era a ideia que a Sophie tinha de se esconder?

– A gente é que vai ser os fantasmas! – ela disse. – Você tem que parecer assustadora!

Ela virou a maçaneta e abriu a porta.

– Buuuuuuuuuuuuuuuuu!

Ergui os braços, fazendo a toalha balançar, e dei um gritinho de gelar o sangue.

– Aaaaaaaaaaaaaaaaaaaah!

Dois gritos apavorados explodiram na nossa frente. Passos ecoaram sobre o carpete. Puxei a toalha da minha cabeça a tempo de ver o Jason e o Tom fugindo pelo corredor, deixando para trás um rastro de gritinhos de terror.

Atrás de mim, a Catie choramingava. Ela havia descido do beliche. A Jenny estava olhando por cima do ombro.

– O que foi isso?

– O Jason e o Tom. Eles estavam fingindo ser fantasmas – eu respondi.

A Sophie tirou a toalha de cima da cabeça. Ela estava sorrindo! Um sorriso largo enorme que erguia suas maçãs do rosto e franzia os olhos. Ela parecia tão feliz!

– Acho que os nossos fantasmas foram mais convincentes – a Sophie disse.

– Não tenho dúvida de que os nossos foram mais assustadores – eu sorri para ela. – Como você adivinhou que eram o Jason e o Tom?

A Sophie jogou a toalha por cima do ombro e voltou para a cabaninha.

– Eu reconheci a risadinha irritante do Jason.

A professora Ellen bateu na porta um pouquinho depois e perguntou se estava tudo bem. A gente contou sobre o Jason e o Tom e como o susto que eles tomaram foi muito maior que o que eles deram na gente. Ela não ficou brava. Nem mesmo depois de olhar por cima do ombro para a nossa cabaninha. Ela só disse:

– Que bom que vocês todas estão bem – ela olhou para a Sophie, que ainda estava sorrindo, e deu um risinho. – Divirtam-se.

Aí ela voltou para o quarto dela.

Então pudemos terminar o nosso lanchinho da meia-noite. Depois que nossa agitação por causa do açúcar passou, começamos a ficar com sono, então a Catie e a Jenny voltaram para o quarto delas, enquanto eu e a Sophie escovávamos os dentes.

Quando a gente já estava deitada, eu disse à Sophie que hoje tinha sido um dos meus melhores dias desde que me apresentei no show de talentos da escola com a Catie.

SOPHIE: Show de talentos?

EU: Sim. A gente dançou e ficou em segundo lugar. Foi ótimo.

SOPHIE: (pensativa) A Catie é a sua melhor amiga?

EU: É.

SOPHIE: Vocês sempre foram amigas?

EU: Na verdade, a gente não se conhecia muito bem no ano passado. A Rachel era a minha melhor amiga antes disso.

SOPHIE: O que aconteceu com a Rachel?

EU: Ela se mudou para a Escócia.

SOPHIE: Você sente saudade dela?

EU: Sinto, mas não tanto quanto antes. Fiz amizade com a Catie, e mesmo que eu sinta falta de ter a Rachel por perto, estou muito feliz por ter a Catie, a Jenny e a Julie.

A Sophie ficou em silêncio por algum tempo, então falou numa voz triste:

– Eu tenho saudade das minhas amigas.

– Da sua escola antiga? – perguntei.

– É – a voz dela falhou. Parecia que ela ia chorar.

Foi quando me dei conta. A Sophie não

estava triste porque tinha seis dedos no pé, nem porque a família dela era louca por queijo, e nem porque tinha

um hipopótamo no quarto dela. A Sophie estava triste porque estava com saudade das amigas.

Baixei a cabeça pela beirada da cama para ver se ela estava bem. A Sophie olhou para mim com olhos grandes.

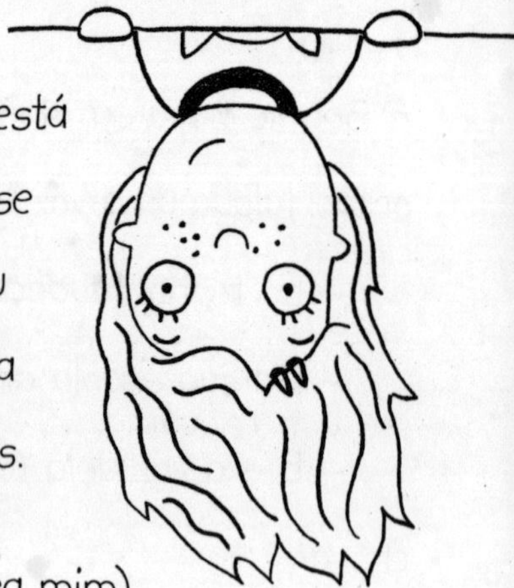

EU: Eu sei como você está se sentindo, mas você vai se sentir melhor logo, logo, eu prometo. Ainda mais agora que você tem amigas novas.

SOPHIE: (piscando para mim) Amigas novas?

EU: A Catie, a Jenny e eu, é claro!

Mostrei o meu maior sorriso e ela sorriu também.

SOPHIE: Obrigada, Pippa.

EU: Obrigada, Sophie.

SOPHIE: Por quê?

EU: Por fazer deste um dos melhores fins de semana que eu já tive.

A Sophie sorriu de novo. Era como se todos os sorrisos que ela guardou dentro dela desde que se mudou para cá tivessem finalmente explodido. Ela se virou de lado e foi dormir depois disso, o que me deu a chance de escrever no meu ~~diário~~ caderno de registros de caça-fantasma.

Agora também não consigo parar de sorrir. E daí se eu não encontrei nenhum fantasma de verdade na Ilha de Wight? Eu sempre posso ver o Marcus Flaunch encontrando fantasmas no *Super Susto*. A coisa mais importante é que eu consegui fazer a Sophie sorrir. E agora ela é minha amiga.

E fazer uma nova amiga é melhor do que ver cem fantasmas.

FANTASMAS DETECTADOS: 0 (até agora)
MEDIDOR DE SORRISO: 😁

P.S. Eu ainda posso ver um milhão de fantasmas. Minha mãe disse que vamos ao País de Gales neste verão, e lá tem um monte de castelos. Se visitar todos eles, sei que vou encontrar um fantasma com certeza!

OS PRÓS E CONTRAS DE TER UM BICHINHO DE ESTIMAÇÃO FANTASMA

PRÓS

1. Espaço não seria um problema para ter qualquer animal de estimação que a gente quisesse, tipo um gorila, um elefante ou até mesmo uma baleia! Quem não ia querer uma baleia como animal de estimação?!

2. Não precisaria dar comida nunca, assim, todo o dinheiro que a gente gastaria em comida de animal poderia ser gasto em alguma coisa muito mais divertida, como levá-los para passear ou para fazer *bungee jump*.

3. Não precisaria limpar o cocô!! A menos que os fantasmas de bichinhos de estimação façam cocôs fantasmas... Será? Vou ter que procurar na internet.

4. Nunca iria precisar levar ao veterinário, porque eles nunca ficariam doentes.

5. Eles NUNCA MORRERIAM porque já estão mortos!

CONTRAS

1. Fantasmas de animais de estimação não são fofinhos para a gente poder se aconchegar neles e nem fazer carinho. Se a gente tentasse, a mão provavelmente iria atravessá-los direto, o que é meio nojento. ☹

2. Eles podem não fazer cocô nem xixi, mas deixariam gosma por toda parte. (O Jason disse que uma vez ele viu um filme sobre fantasmas e que eles deixaram um rastro de gosma verde por toda a casa que estavam assombrando.) Acho que eu prefiro limpar cocô do que limpar gosma verde.

3. Nossos amigos não conseguiriam vê-los, só se também fossem capazes de enxergar fantasmas, mas não tem muita gente que consegue ver fantasmas, então é improvável. E se eles não conseguirem enxergar o seu animal de estimação, podem pensar que você só estava fingindo e aí você seria conhecida

na escola como A Menina do Animal de Estimação Imaginário, o que seria uma baita vergonha.

4. Seria muito frio, o tempo todo, ter um fantasma de animal de estimação por perto, mesmo no verão. Acho que eu poderia usar um monte de casacos e cachecóis, mas ter que tirar os agasalhos toda vez que eu saísse de perto dele seria bem chato.

5. Eles poderiam escapar a qualquer momento porque poderiam atravessar a gaiola flutuando.

E as paredes da casa!!! Isso seria MUITO ESTRESSANTE!

AS DEZ MELHORES PIADAS DE FANTASMA DA PIPPA MORGAN

Qual é o filme que dá mais medo

nos fantasmas?

Os caça-fantasmas.

Onde os fantasmas colocam o café?

No BUUUle.

O que um fantasma disse para o outro?

Você acredita em gente?

Por que o fantasma não se olha no espelho?

Porque ele poderia morrer de susto.

Para onde os fantasmas viajam nas férias?

Para a cidade fantasma.

Qual é o meio de transporte preferido

dos fantasmas?

O trem fantasma.

O que o fantasma disse para a namorada?

Você está linda de morrer.

Por que o fantasma foi a uma ópera?

Para ver o fantasma da ópera.

Qual é o animal preferido dos fantasmas?

O BUUUrro.

Por que a cama do fantasma

só tem lençol colorido?

Para ele não confundir o lençol

com alguém da família.

CÓDIGO ULTRASSECRETO DA PIPPA MORGAN PARA MELHORES AMIGAS

O Código do meu bisavô é demais, mas e se a gente não tiver uma parede para fazer as batidinhas?

DESASTRE!

É por isso que eu inventei um código secreto para usar com as minhas melhores amigas. Você só precisa de um pedaço de papel. Ah, e também precisa *saber* o alfabeto.

Você faz assim: vai trocando todas as letras do alfabeto pela letra que vem em *seguida*. Então a vira b, b vira c, c vira d, e assim por diante... Simples!

NFV OPNF F QJQQB NPSHBO

MEU NOME É PIPPA MORGAN

OVHHFUT EF GSBOHP TBP EFNBJT

NUGGETS DE FRANGO SÃO DEMAIS

B UJGGBOZ K F HFOJBM

A TIFFANY J É GENIAL

Não é superlegal?! Nem mesmo o professor Bacon vai conseguir descobrir...